QUELQUES JUGEMENTS

SUR LE POÈME

D'OLEAR,

ET AUTRES TITRES LITTÉRAIRES DE SON AUTEUR.

Paris, 7 mars 1845.

Mon père, François Roger, membre de l'Académie française, est mort aussi pauvre que considéré, dans l'acception la plus noble et la plus étendue de ces deux mots. De belles études, et par suite les suffrages illustres que je publie, voilà le seul héritage qu'il m'ait laissé ; de tous ses trésors, c'est le seul qui me reste. Il n'est plus là pour me prendre par la main et me conduire jusqu'au public ; j'ai pris la plume de mes amis et des siens. Quand on est seul, on s'aide de tout ce qu'on peut, à condition de rester digne et de n'offenser personne. Il fallait opter entre la *réclame* et l'indiscrétion, j'ai choisi la dernière. J'en demande humblement pardon à tout le monde, et surtout aux plus illustres. On feint d'ignorer mes titres littéraires, je dois les faire connaître ; on les conteste, je dois les faire valoir ; on m'attaque, je dois me défendre. Ceux qui aiment véritablement les lettres m'absoudront ; ceux qui aiment la gloire me comprendront ; ceux qui ont aimé mon père me plaindront. Ces jugements, rendus par des hommes graves et ménagers de leurs arrêts et de leur plume, j'ai lieu de les croire, j'ai besoin de les croire sincères, car ils sont ma force, et comme l'âme même de ma vie. Faites une part à l'indulgence, une à la politesse, une à l'amitié : la part de vérité restante est belle encore et suffit à mon ambition. Si je l'étale ici, devant les yeux, ce n'est point par orgueil, c'est par nécessité ; ce n'est point petitesse, c'est dignité ; je ne veux pas me grandir, mais avoir ma place comme tout le monde ; je ne fais point mon propre éloge, je le subis. Quant à la fidélité loyale de tout ce que je publie, je suis fils de François Roger, et je n'en dirai pas davantage.

L'auteur d'*OLÉAR*.

23 novembre 1811.

Monsieur,

Ce n'est que depuis mon retour à Paris que j'ai pu faire connaissance avec votre héroïne. Elle m'a paru *fort intéressante*; vous avez beaucoup d'imagination et un talent très-distingué; mais je vous avouerai franchement que le genre de composition que vous avez adopté, je veux dire un poëme moitié prose, moitié vers, a un peu dérouté mes vieilles notions sur la distinction des genres en littérature. Vous me dites que c'est votre début. Sous ce point de vue, vous méritez et vous obtiendrez des encouragements. Vous avez une surabondance de verve qui ne demande qu'à être réglée. Je serais charmé de contribuer à aider vos premiers pas dans une carrière glorieuse, mais semée d'épines, surtout pour les hommes de conscience et d'un vrai talent.

Agréez......

Jay, de l'Académie française.

---

2 février 1842.

. . . . . . Vous rencontrerez probablement quelques censeurs qui vous demanderont, dans vos futurs écrits, plus d'unité, plus de sévérité; mais, quant à ceux qui ne reconnaîtraient pas tout ce qu'il y a de verve, de jeunesse, de chaleur vraie, et de spontanéité dans votre œuvre, laissez-les dire et continuez.

Vitet conseiller d'État, auteur des *Barricades d'Henri III* et des *États de Blois*, etc.

———

Avril 1843.

Mon cher Buloz,

L'*Olear* de M. Ed. Roger est un livre où, parmi beaucoup de choses du temps, c'est-à-dire mauvaises, il y a des pages en prose et en vers qui sont marquées d'un véritable talent. Ce ne serait que *justice* (1) de faire rendre compte de ce livre dans la *Revue des Deux Mondes* et dans la *Revue de Paris*, parce que même une page d'un vrai talent est *si rare*, que cette *nouveauté devrait être proclamée* dans tous les recueils qui se piquent d'avoir un caractère littéraire.

Désiré Nisard, maître de conférences françaises à l'École normale, professeur d'éloq. latine au collège de France.

———

7 décembre 1841.

Madame R., qui est souffrante, ne peut répondre elle-même à votre aimable lettre, ni vous témoigner toute la satisfaction qu'elle éprouve en tenant de vous un livre qu'elle connaissait déjà par l'extrême obligeance de M. votre père.

. . . . . . Elle va s'occuper, de nouveau, d'*Olear*, composition si variée, et qui mérite d'être étudiée pour en sentir tout le prix.

Mme R***.

———

Mardi, 7 décembre 1841.

. . . . . . Je vais à mon tour lire *Olear*; j'y trouverai l'imagination de la jeunesse dont mes vieux os et mes lourdes années ont grand besoin pour se traîner encore quelques jours. Déjà je ne puis plus écrire, et je vous demande mille pardons d'être obligé d'emprunter la main de mon secrétaire; vous venez et je m'en vais....

CHATEAUBRIAND, de l'Académie française.

———

Son Altesse Royale Monseigneur le duc d'Orléans, auquel le livre que vous venez de

(1) Le critique éminent de la *Revue des Deux Mondes*, qui avait bien voulu promettre à l'auteur ainsi qu'à une aimable et honorable duchesse d'écrire sur *Olear*, l'a toujours oublié. Le temps lui a manqué. Il était trop occupé de sa candidature à l'Académie française.

publier sous le titre d'*Olear* a été présenté, m'a chargé de vous en demander vingt exemplaires pour sa Bibliothèque particulière, et de vous assurer en même temps de l'intérêt avec lequel elle a examiné(1) votre charmante publication.

Le Bibliothécaire de S. A. R. Monseigneur le duc d'Orléans.

VILLEMAIN, de l'Académie française (2).

Janvier 1841.

Il y a dans votre *Olear* un immense talent ; une puissance intellectuelle très-grande; de très-beaux vers ; de la passion, du sentiment ; quelques rapports avec le poète anglais Coleridge.... du naturel, une nature de poète.

Mars 1841.

Il y a dans votre *Olear* une belle imagination, du feu, un certain tour individuel, et même de ces pages qui révèlent un talent d'artiste peu commun.

Vous venez dans des temps bien mauvais pour la poésie. Si *Olear* avait paru il y a vingt-cinq ans, tout Paris s'en serait occupé pendant un an.

Je ne puis vous accorder ce que vous me demandez. (Un article dans la *Revue des Deux Mondes*.) Il ne faut pas diriger l'opinion, la renommée....Il faut la laisser venir avec calme, elle vient. Un homme ne peut rien en ces choses-là.... Un ministre ne

(1) Le plus grand des écrivains rappelle quelque part des paroles de Napoléon qui sont honorables pour lui. Qu'on pardonne à l'auteur, ou plutôt à l'homme reconnaissant, de rappeler ici celles d'un prince aimable et malheureux, aussi remarquable par la grâce de ses manières que par la bonté de son cœur.

« Avez-vous lu *Olear*, docteur? disait le duc d'Orléans au médecin du comte de Paris.— Monseigneur, l'auteur m'en a fait hommage; mais je n'ai pu encore trouver le temps de lire ce fort volume in-octavo envers.— Eh bien, moi, docteur, je l'ai lu. »

Je passe sous silence les compliments qui suivirent. Quels qu'ils soient, ils ne sauraient être aussi flatteurs que cette lecture. Combien de gens sont comme le docteur, et n'ont pas eu le temps de lire *Olear !* Mais aussi ils ne sont pas princes.

(2) Voilà le plus gros de mes diamants et de mes péchés. — Jolis péchés, comme ceux dont parle Voltaire à madame ***.—On pense bien que la publication de cet entretien intime et sérieux est le plus grand de mes remords, comme elle a été aussi ma tentation la plus grande, et peut-être la cause déterminante de ma chute, je veux dire de l'impression générale de ces lettres. Je me la reproche vivement; mais l'effort était surhumain, j'ai succombé. — *Video meliora proboque, deteriora sequor.* — Je supplie M. Villemain de me pardonner; il ne m'a rien écrit sur *Olear*; mais, à vrai dire, un écrit de ce critique et de cet écrivain incomparable était-il bien nécessaire? Il grave avec la parole aussi bien qu'avec la plume; et ce qu'il m'a dit sur *Olear*, du haut de sa double autorité d'Aristarque et de ministre, sans intérêt ni besoin aucun de me complaire, est resté ineffaçable en mon cœur, comme tout ce qu'il a écrit. Son jugement est le plus glorieux de mes titres, et, si cela continue, ce que je laisserai de plus précieux à mes enfants. Au reste, en me donnant, ou, pour parler plus juste, en me laissant pour critique M. Geruzès, son ami et son digne *suppléant* dans la chaire d'éloquence de la Sorbonne, ne s'est-il pas donné lui-même? Dans l'article de l'un, ne retrouve-t-on pas, à part les critiques méritées, le fond des jugements de l'autre? Et n'est-ce point là un service secret et délicat rendu à l'auteur par l'homme illustre qui fut pour lui d'abord un maître en l'art d'écrire, avant d'être, du vivant même de son père, un second père ?

peut recommander une œuvre d'imagination, qui décèle des facultés puissantes, mais qui est un roman. Le succès viendra sans moi; il sera plus ou moins lent.

Avril 1842.

Il y a dans votre *Olear* des parties d'un talent douteux, et des parties d'un talent réel. — Pourquoi tout d'abord débuter par un poëme? On n'aime pas les prétentions au génie. Il fallait jeter d'abord, comme un appât, des pièces détachées. Il faut apprivoiser les yeux au génie.... Les gros ouvrages excitent l'envie.... — Composez maintenant un ouvrage sérieux (1), quelque traduction en vers de Shakspeare, ou quelque œuvre critique sur la littérature anglaise. Mettez-y seulement le quart du talent qu'il y a dans votre *Olear*.

Villemain, de l'Acad. française (1).

---

(1) C'est sur cette invitation pressante et plusieurs fois réitérée que j'ai fait ma traduction en vers des *Beautés morales de Shakspeare*, que l'Académie a daigné, plus tard, récompenser, sans doute en souvenir de mon père

Si nous n'écoutions pas notre orthodoxie littéraire, nous serions auto_
risés à fermer le livre ; mais ici nos doctrines nous joueraient un mauvais tour, car bien que, sortie d'une mauvaise école, *Olear expie par des
beautés d'un ordre supérieur les torts d'une forme capricieuse et désor-
donnée : le fond de cette œuvre si complexe est d'une extrême simplicité.*

Vient ici l'analyse du sujet du poëme.

Ce livre, tout en se jouant des règles prescrites, se fait lire et goûter,
malgré qu'on en ait. Mais la source du plaisir qu'il cause n'est pas dans
la confusion de tous les genres et de tous les styles. C'est par là, au
contraire, qu'il est vulnérable ; ce qui lui donne vie et mouvement, c'est
la peinture de deux caractères finement tracés et bien soutenus, c'est l'expression palpitante de passions sincères, et, par endroits, la pureté et la
verve du style. L'auteur est poëte, et les sentiments qu'il exprime, il est
clair qu'il les a éprouvés ; seulement il ne les a pas assez mûris, et on
comprend, au moins dans certaines parties, qu'il n'y a pas eu, entre la
tempête du cœur et la peinture de ses mouvements, l'intervalle que l'art
demande pour arriver à ces formes exquises et immortelles qui éterni-
sent l'image fidèle et contenue de la passion. L'impétuosité de premier jet
qui fait déborder la passion lui envie cette force intime, cette énergique
pureté qu'elle reçoit en s'attiédissant et en se condensant. Quoi qu'il en
soit, on se laisse entraîner à la véhémence de ces sentiments effrénés,
et *nous pourrions citer plusieurs scènes de l'ouvrage où le pathétique
est irrésistible.* La plus émouvante est peut-être celle dans laquelle
le jeune Edgard, essayant de fléchir Lopès, descend d'abord à la prière,
pour se relever ensuite frémissant de colère et de mépris. *Il y a là des
traits de haute éloquence.* Le poëte nous maîtrise encore et nous arrache
des larmes lorsque Edgard emporte le pardon de son père.

Faut-il maintenant lever le voile qui cache le nom d'Olear ? de qui nous
vient ce *poëme puissant, mais déréglé,* qu'en d'autres temps on aurait
appelé romantique ? Comment dire, sans se voiler le visage, que cet heu-

reux coupable est le fils d'un académicien renommé par son attachement aux saines doctrines ? Qu'est donc devenue l'autorité paternelle, et que devons-nous attendre, si les enfants nourris dans le sanctuaire insultent à l'arche sainte ? N'est-ce pas le cas de rappeler les déportements des fils du grand prêtre Héli ? Notre indiscrétion, en trahissant M. Edouard Roger, le fera tancer vertement ; il doit s'attendre à une mercuriale qui le rapellera au respect de la tradition. « Apprenez, mon fils, lui dira-t-on, que le talent, si brillant qu'il soit, est inexcusable de se dissiper ; qu'il y a plus de véritable force à se soumettre aux règles qu'à les braver. Quel charme trouvez-vous à ce mélange confus de tous les sons, à ces brusques transitions, ou plutôt à ces secousses qui déroutent l'attention plus qu'elles n'excitent la curiosité ? Croyez-vous qu'il soit bien méritoire de jeter des vers sans césure, d'enlever un pied à celui-ci pour le donner en surcroît à celui-là ? Loin de vous, comme dit l'ancien Balzac, ces métaphores effrontées, ces expressions insolentes et téméraires qu'on a voulu mettre à la mode ! Tâchez de trouver le mot juste, cela vous dispensera de multiplier les à peu près ambitieux qui font décoration sans porter coup. Mon fils, ce n'est pas le talent qui vous manque, c'est la mesure dans l'emploi de ce talent ; amendez-vous, prenez d'autres modèles ; à ce prix vous aurez ma bénédiction, et peut-être à votre tour deviendrez-vous académicien... si vous vous faites un nom dans la politique. »

GÉRUZÈS,

Professeur d'éloquence française à la Sorbonne, suppléant M. Villemain.

———

Supplément de la Gazette de France, 2 mars 1841.

. . . . . , ...

La source des qualités et des défauts de cet ouvrage, c'est l'exaltation. La fièvre circule dans toutes ses pages. On dirait un rêve rempli d'imagination, raconté par un homme qui n'est pas très-réveillé encore et qui continue à rêver en parlant. L'idéal y coudoie de si près le réel, que les frontières de ces deux royaumes, ailleurs si séparés, cessent d'être distinctes. Le fait aboutit sans cesse au fantôme, la forme au nuage, l'idée au sentiment, le sentiment à la rêverie, et la rêverie au rêve. De là une indécision étrange dans le fond et dans la forme, un mélange inouï dans le style. Si vous ajoutez à ce qui précède que les études littéraires et classiques de l'auteur paraissent s'être également portées sur les modèles des siècles d'Auguste et de Louis XIV, si purs et si parfaits, et sur l'imperfection sublime de Shakspeare ; que sa langue emprunte ses couleurs à ces deux

palettes si différentes, si opposées; qu'il y a dans la pensée et dans l'expression des réminiscences qui lui viennent des deux sources, des effets
qui lui arrivent des deux horizons, vous comprendrez facilement ce qu'il
peut y avoir d'incohérent dans un pareil livre, où d'ailleurs le drame
heurte la comédie, l'élégie la satire, l'ode la chanson, et la poésie la prose.

Mais avec son incohérence, cependant, *ce livre a des qualités incon-
testables. Il est original. Il n'a rien de ce faire des ateliers de littérature
qui porte le cachet uniforme de la ;médiocrité;* il est fou, peut-être, mais
à coup sûr il n'est pas commun. Ses défauts ne ressemblent à rien, et on
y trouve des morceaux écrits avec une verve vraiment remarquable, d'un
style fort, nombreux, rapide, plein d'images, de mouvement, à côté d'autres
morceaux où la fièvre tourne au délire. On voit dans tout le cours de
l'ouvrage que l'on n'a pas devant les yeux une œuvre de métier que
l'auteur a faite comme il en aurait pu faire une autre; on reconnaît, au
contraire, l'enfantement spontané d'une pensée qui portait naturellement
le fruit qu'elle contient, et qui cède au besoin d'épancher la lave qui la
tourmente.

Cette remarque explique 'en partie *l'intérêt qui s'attache au livre*. Le
lecteur éprouve toujours un éloignement involontaire pour cette classe d'auteurs qui tiennent, pour ainsi dire, boutique d'idées, négociants en littérature, qui n'ont pas de pensés parce qu'ils les ont toutes, qui, au lieu de
s'identifier avec leurs œuvres, vivent dans un divorce complet de cœur et
d'esprit avec les manifestations intellectuelles et morales qu'on rencontre
dans leurs livres. *Mais lorsque dans le style on retrouve l'homme, lorsque
l'on sent palpiter un cœur de chair et de sang sous les sentiments qu'un
ouvrage exprime, lorsqu'on sent battre le cerveau de l'auteur, qu'on nous
passe cette expression, sous les idées que chaque page nous jette, alors on
éprouve pour ce qu'on lit un intérêt involontaire, parce qu'on sent la présence d'une âme en face de son âme, parce qu'on est en face d'un homme au
lieu d'être seulement en face d'un livre. C'est précisément ce qui arrive au
sujet d'Olear.*

Quel est le véritable sujet d'Olear? C'est le réveil d'une âme au sentiment
de l'infini. Elle a été longtemps renfermée dans les plaisirs étroits du monde,
dans ses jouissances de convention, dans ses félicités factices. Elle a bu
goutte à goutte à cette coupe des sens qui paraît inépuisable et qui est
sitôt épuisée. Elle a mené cette vie des salons et surtout des salons pari-
siens, vie de surfaces, où tout manque de profondeur et de réalité, vie
qu'elle croit active parce qu'elle est agitée, remplie parce qu'elle est dégoû-
tée, complète parce qu'elle est ennuyée. Elle va mourir pour avoir tout

éprouvé, à ce qu'elle croit, du moins, lorsqu'elle meurt au contraire pour
n'avoir rien éprouvé de ce qui lui est nécessaire, et faute d'avoir cherché
son aliment véritable.

Tout à coup le sentiment de l'infini se réveille en elle, impérieux et puissant. Il se réveille à l'aspect d'une des formes mortelles les plus suaves
de la beauté, la femme, mais la femme idéalisée, élevée sur un piédestal
de poésie. . . . .

Encore une fois, l'auteur n'a point poussé les choses au degré de la
perfection. C'est le premier réveil de l'âme, réveil incomplet, mais qui a
cependant sa poésie. Tout prend un aspect nouveau aux yeux d'Edgard
depuis qu'il a vu Olear, il l'identifie à tout, il mêle la nature entière à son
amour, et d'abord à la lumière du sentiment dont il est animé, il découvre
la nature. Jusque-là elle n'était pour lui qu'une lettre morte, un spectacle
inanimé; maintenant il lui semble qu'une grande âme remplit ce corps
¹mmense. Les forêts ont un langage, les montagnes avec leurs cimes éle-
vées, les plaines avec leurs lignes étendues, les eaux qui murmurent, les
arbres qui penchent et qui relèvent leurs têtes, lui semblent chanter un
hymne à l'infini; mais sous l'empire de son rêve, il détourne cet hymne de
celui auquel il s'adresse, et le consacre à l'objet fragile et borné de ce sentiment immense dont il se sent possédé.

En même temps qu'il commence à comprendre les beautés intellectuelles
de la nature physique, il commence à comprendre aussi la poésie de ces
vertus naturelles qui lui semblaient si prosaïques et si bourgeoises. L'a-
mour filial, l'amour maternel, la poésie de l'enfance, celle de la vieillesse,
la sainteté du lit nuptial, la grâce sans rivale du berceau, lui apparaissent
à la fois. Le sentiment de l'infini qui l'anime se répand et déborde sur
tout.

Nous l'avons dit en commençant : sans doute l'expression manque souvent à la pensée de l'auteur, son style est un singulier mélange de défauts
impardonnables et de qualités; comme la Pythonisse qui sent la présence
du Dieu, il s'agite souvent sur le trépied sans que les sons viennent à sa
voix, qui se perd dans le vide; mille endroits du tableau indiquent l'inexpérience du peintre et son impuissance; il y a des puérilités inouïes,
et les égouts d'une vie épicurienne versent plus d'une fois leurs eaux dans
ce fleuve où Edgard se lave d'un passé consacré aux plaisirs matériels des
sens. Mais avec cela il a des traits pleins de naturel et de naïveté, des
coups de pinceau que l'inspiration conduit, un sentiment poétique remarquable, quoique souvent trahi par l'expression, des idées d'une fraîcheur
peu commune, une exaltation souvent éloquente, une imagination vive-

ment colorée. Olear est loin d'être un chef-d'œuvre, bien loin même d'être une œuvre complète, mais *c'est une composition qui fait sentir et penser,* parce qu'elle peint une maladie éternelle de l'âme humaine avec les symptômes particuliers et les circonstances spéciales qui l'accompagnent dans notre époque. **Alfred Nettement.**

Débats, 24 septembre 1841.

Cet ouvrage a paru sans nom d'auteur ; je ne crois pas me compromettre en trahissant la coquetterie, ou, si l'on veut, la modestie d'un début littéraire. Peut-être l'auteur pouvait-il se passer mieux qu'un autre de ce petit manége, puisque, tout débutant qu'il est, il porte un nom connu du public et justement honoré dans les lettres : M. Edouard Roger est fils de M. Roger, de l'Académie française. Sans compter que si l'auteur n'a pas pris confiance en lui-même depuis que son livre a paru, ce n'est pas la faute de la critique. *Les meilleurs juges, dans la presse et dans le monde, se sont accordés à proclamer Olear une œuvre originale. Un homme qui était le plus grand critique de notre époque avant d'être un homme d'État illustre, en a fait le plus bel éloge que puisse ambitionner un écrivain de nos jours.* Il est vrai que ces suffrages si flatteurs ont été partout accompagnés de restrictions sévères. *On a dit de ce livre tout le bien et tout le mal imaginable, en quoi peut-être on ne l'a ni calomnié, ni flatté.* Nous qui venons les derniers, nous serions donc fort disposés à confirmer purement et simplement la décision des premiers juges. Cependant la part de la critique ayant été faite avec quelque rigueur, nous prendrons le rôle inverse, et nous tâcherons de rétablir la balance en faisant ressortir *les belles et rares qualités qui font d'Olear une œuvre à part et tout à fait distinguée.*

Un livre comme celui-ci ne veut pas être jugé légèrement. La critique ne doit y toucher qu'avec tout le recueillement, tout le scrupule, et, s'il est possible, tout l'amour avec lequel il a été composé ; car *Olear* est une œuvre d'amour, une œuvre qui, *toute proportion gardée, participe de la même inspiration que ces types éternels de l'amour pur et vrai, Roméo, Juliette, Werther, Charlotte, Ophélie, Desdémone, Atala, Réné.* Pourquoi ces poétiques figures ont-elles pour nous tant d'attraits ? D'où leur vient ce charme irrésistible et cette puissance d'émotion délicieuse ? Ah ! c'est que les auteurs étaient pénétrés du sentiment qu'ils expriment, et qu'ils en ont animé l'œuvre de leur imagination. Rien de faux ni d'emprunté ; le cœur est plein, le sentiment coule de source et circule à toutes les pages ; la vie est partout ; le naturel et la vérité partout ; ces créations idéales ont, en quelque sorte, une âme qui se communique à notre âme et la remplit de sa naïve et chaude émotion ; elles ont un cœur où le nôtre se réfléchit et se reconnaît. Pourquoi cet admirable secret semble-t-il aujourd'hui perdu ? Ce n'est pas le talent ni l'esprit qui manque aux écrivains : de l'esprit, ils en ont peut-être autant que leurs devanciers ; et quant au talent, on peut dire que l'industrie, la dextérité matérielle du style est plus commune aujourd'hui que jamais. Que manque-t-il donc aux écrivains de nos jours ? La naïveté de l'inspiration et la vérité du sentiment : le bel esprit tue l'enthousiasme ; l'art étouffe le génie ; toute séve généreuse et rafraîchissante est tarie dans les âmes ; la pensée languit, se dessèche et se matérialise avec le cœur ; car il y a longtemps qu'on l'a dit : les belles pensées viennent du cœur ; le cœur est le véritable foyer où s'allume et s'entretient le génie.

Olear est, dans ses meilleurs endroits, une œuvre inspirée, sortie du cœur, et c'est là ce qui distingue le livre de tous ceux que chaque jour voit éclore. Il y a là quelque chose qui ressemble au son que rend une belle âme. Il est à remarquer pourtant que l'auteur ne se doit pas tout à lui-même, et que le fond le plus généreux a été fécondé chez lui par la culture la plus riche et la plus variée. Les couleurs du génie classique, ancien et moderne, se sont fondues harmonieusement avec sa douce et suave originalité ; le génie inculte de Shakspeare, dans ce qu'il a de tendre et de gracieux, y a mêlé ses plus belles teintes. Tels sont les éléments dont se compose le vrai talent de M. Edouard Roger. Il n'y a qu'à louer dans *Olear* tant que l'auteur est lui-même, tant qu'il est fidèle à ses premières et chastes études, et même tant qu'il suit avec discrétion le dernier et le plus dangereux de ses modèles. Alors il est simple, il est naturel, il est antique ; il est bon, et lorsqu'il est bon, il est excellent. Tout plein de sa passion, il sait la faire passer dans l'âme du lecteur ; il écrit comme il sent, comme il aime, fortement, délicatement ; il n'a pas d'esprit, il ne veut pas en avoir, ou plutôt il n'a que l'esprit qui vient du cœur, le meilleur et le plus séduisant de tous. J'espère que M. Edouard Roger comprendra cet éloge sous la forme que je lui donne ; il n'en recevra pas de moi qui, à mon sens, lui fasse plus d'honneur. L'esprit qu'il n'a pas et qu'il ne veut pas avoir, c'est précisément cet esprit de scepticisme frondeur et superficiel qui, en desséchant les âmes, a relâché tous les ressorts de la vie intellectuelle et morale. Ce dévergondage et cette prostitution de l'esprit sont aujourd'hui plus communs et plus funestes peut-être que le désordre brutal et matériel ; car c'est là, si on peut le dire, une manifestation nouvelle et raffinée du mal, contre laquelle il n'y a pas de vindicte sociale. Le mal est donc sans frein, et il paraît sans remède ; la contagion est universelle, et il n'y a qu'une âme heureusement douée qui ait pu s'en préserver.

Mais l'auteur d'*Olear* est de son temps, et si son âme est demeurée simple et naïve, ses heureux instincts ne l'ont pas soustrait à l'influence de l'esprit littéraire que nous avons caractérisé tout à l'heure. De là les défauts
trop saillants que l'on remarque surtout dans la composition, mais qui se
font sentir aussi dans l'exécution de l'ouvrage. Alors M. Edouard Roger,
n'étant plus lui-même, est au-dessous de lui-même ; il n'est plus antique, il est moderne ; il est de l'école qui prend ce titre à bon droit ; il en a le
faux goût, la fausse énergie, les prétentions bruyantes et stériles, la manière
décousue et tourmentée, le ton violent et déclamatoire, l'exagération criarde,
sèche et brutale. Alors il a de l'esprit ; il est subtil, savant et paradoxal. Il
n'a pas fait de préface, mais il a composé son livre d'après les théories en-
seignées dans les préfaces modernes. Par exemple, il a épousé la théorie
d'après laquelle il est permis, il est louable même, d'écrire tour à tour en
prose ou en vers, suivant la situation des personnages et les divers degrés
de l'émotion qui les anime. Poussant le principe à sa dernière conséquence,
non-seulement il a mêlé la prose et les vers, mais encore la plupart des genres littéraires, le roman et l'épopée, le drame et la comédie, l'élégie et l'idylle,
le dithyrambe et la satire. Si l'on allait au fond de cette théorie, on trouve-
rait peut-être qu'elle est fausse en principe, et que l'unité matérielle de la
forme, l'unité du style est aussi nécessaire dans les œuvres de l'esprit, que
l'unité morale du fond et de l'intérêt général. On remarquerait aussi que la
prose comporte par elle-même tous les tons, le plus élevé comme le plus
familier, et qu'ainsi elle peut se passer de la poésie qu'on lui donne pour
auxiliaire. Je doute que le mélange universel des genres soit une meilleure
invention que le mélange des styles. Je ne crois pas que le procédé régulier
de l'esprit soit de confondre et de brouiller les sentiments et les états opposés
du cœur humain ; il consiste plutôt à les abstraire, à les trier et à les assor-
tir avec un tact dont le goût seul a le secret. Toujours est-il que cette bigar-
rure de formes et de genres disparates n'est pas d'un heureux effet dans
l'ouvrage ; l'intérêt du fond en est désagréablement saccadé ; les tons sont
heurtés ; les nuances ne sont pas fondues ; le lecteur est mené par bonds et
par soubresauts ; l'œil et l'esprit sont à la fois troublés et déroutés. Cette
promiscuité bizarre est ce qui nous a le plus choqué dans tout l'ouvrage.

A le prendre tel qu'il est, ce livre n'est donc ni un poëme, ni un drame,
ni un roman ; ce n'est pas non plus une histoire, mais c'est quelque chose
de cela tout ensemble. L'idéal et le réel, l'imagination et les souvenirs per-
sonnels de l'auteur y sont entrés dans une proportion que l'on déterminerait
peut-être d'une manière assez juste en attribuant aux uns tous les mérites
et à l'autre tous les défauts de l'ouvrage ; car, il faut le dire encore, l'auteur

est toujours mieux inspiré par son cœur que par sa tête ; il décrit mieux qu'il n'invente.

Le fond du récit est assez simple, malgré la complication des détails. Autant l'ouvrage en lui-même présente à la critique de points de vue divers, autant le sujet paraît ingrat et stérile. La matière n'est rien : c'est la main-d'œuvre, qu'on me passe le mot, qui est tout. Le héros du livre, Edgard, est un jeune homme que son âge a plongé dans l'ivresse des sens et de la dissipation mondaine. Une passion sérieuse et profonde vient enfin l'arracher à sa carrière de folies étourdissantes. En un instant, Lovelace est devenu Roméo, et peut-être mieux encore. L'objet de cette passion est Olear, jeune et belle Anglaise. Que manque-t-il au bonheur d'Edgard et d'Olear ? Quelques circonstances mal interprétées ont jeté sur la vertu d'Olear des soupçons que la calomnie exploite et envenime. Trompé par les apparences, dupe d'un faux ami, le père d'Edgard oppose à l'union des deux amants une résistance insurmontable. De là mille péripéties douloureuses et une lutte prolongée entre les deux passions qui se partagent le cœur du jeune homme, l'amour et l'amour filial. Le pauvre Edgard est arraché des bras d'Olear et tenu par ordre de son père en chartre privée. Les rapprochements, les séquestrations, les fuites à l'étranger se succèdent ; le désespoir, la détresse et la misère des deux amants sont à leur comble ; tant qu'à la fin cet amour héroïque obtient sa récompense : la calomnie est démasquée, la vertu d'Olear brille dans tout son jour, tous les obstacles s'aplanissent, et l'heureux Edgard peut presser à la fois sur son cœur les objets de ses deux passions, son Olear et son père.

On le voit, *ce n'est pas la simplicité qui manque à cette machine poétique.* — En tout, quatre principaux personnages, les deux amants, le père et le faux ami. Les situations sont, en général, assez communes ; les ressorts n'ont pas un grand attrait de nouveauté. Comment donc définir *l'intérêt pourtant incontestable de l'ouvrage ?* Il *est tout intérieur, spirituel, psychologique,* en quelque sorte. En ce sens, on a pu dire assez justement qu'*Olear est une épopée intime. Les situations sont vivement senties et creusées avec amour ; les ressorts jouent naturellement ; la lutte des passions est d'un effet pathétique ;* enfin les caractères, ingénieusement dessinés et nuancés avec art, se développent avec une fidélité parfaite. Nous avons blâmé l'incohérence extérieure et matérielle de la composition ; en revanche, il faut *reconnaître l'unité de la pensée générale et de la trame intellectuelle.*

Le caractère d'Olear est le plus achevé de tous ; il est mis en relief avec un goût et un sentiment exquis. Pour embellir son héroïne et l'entourer

d'une auréole céleste, l'auteur a emprunté tour à tour à la prose et à la poésie leurs couleurs les plus délicates et les plus gracieuses. Le fond de ce
caractère est le dévouement et la bonté dans l'amour. Héroïque dans sa
tendresse pour Edgard, Olear a pourtant la faiblesse et la timidité de son
âge et de son sexe. La situation équivoque où le hasard et l'inexpérience
de nos mœurs ont placé la jeune Anglaise, fait ressortir, par un contraste
poétique, sa candeur et sa pureté. Et comme si les vertus de la jeune fille
ne suffisaient pas à son apothéose, l'auteur lui donne un rôle d'emprunt
qui lui permet de remplir les devoirs et de déployer toutes les vertus de la
maternité. Cette invention, d'un goût très-fin, met admirablement en scène
l'angélique bonté d'Olear. M. Edouard Roger lui doit certainement les plus
délicieuses pages qu'il ait écrites. Nous voudrions citer en entier la lettre
d'Olear à Edgard (au deuxième chant); en voici du moins un extrait :

(Ici un extrait qui remplit quatre colonnes du Journal des *Débats.*)

*Cette figure d'Olear est d'une grâce et d'une fraîcheur admirables :
c'est une création qui fait le plus grand honneur à M. Édouard Roger.*
Olear est, il est vrai, plus qu'une femme ; c'est la personnification de l'idée
qui est le fond du livre. Quelle est cette idée générale ? C'est la victoire du
spiritualisme en amour sur les caprices tumultueux des sens; c'est la conversion d'une âme tendre au culte de la beauté morale. La révolution
qui s'accomplit dans le cœur égaré d'Edgard est en effet une conversion
véritable, une illumination soudaine; l'amour d'Olear en a fait un homme
nouveau : adieu les folles amours, les fausses jouissances, la dissipation
élégante et raffinée ! La société, la nature, les livres même parlent à son
âme un autre langage ; il se retourne contre ce monde qui l'a si longtemps
retenu dans ses liens, et il en flétrit les vices et les scandales avec une
énergie sauvage ; il crache sur les idoles auxquelles il a prodigué son
encens ; il n'a plus d'enthousiasme et d'hommages que pour la beauté de
l'âme et la pureté morale dont Olear est le vivant symbole. *La profondeur étrange de ce sentiment nouveau, la force et l'éloquence avec les-
quelles il est rendu,* l'hymen de bonheur et d'allégresse qui s'échappe de
cette âme victorieuse des sens, tout donne à la situation d'Edgard un intérêt plus que littéraire; elle éveille des sentiments, des idées d'un ordre
si élevé, que nous osons à peine les mêler à ce sujet profane. Il fut un
temps où c'était l'esprit de Dieu qui soufflait sur les âmes et les terrassait
dans la voie du mal pour les éclairer de sa lumière et les brûler de son
amour. Hélas ! n'y a-t-il plus aujourd'hui que l'amour d'une femme qui
puisse accomplir de tels miracles ? Le monde ne verra sans doute plus de
saint Paul, de saint Augustin, ni de sainte Thérèse : mais il verra toujours

des *Roméo* et des *Juliette*, des *Werther* et des *Charlotte*, des *Edgard* et des *Olear*. Eh quoi, tout passe et tout finit sur cette terre : les empires s'écroulent, les sociétés périssent, les institutions divines elles-mêmes, les religions périssent ! Mais l'amour, avec ses touchantes faiblesses, l'amour est éternel ! Tout change, et le cœur de l'homme est immuable ! Il survit à toutes les révolutions, à toutes les ruines, et s'épanouit dans tous les siècles avec sa fraîcheur inaltérable et sa soif inextinguible d'aimer. Ah ! c'est que le sentiment le plus doux de l'âme en est aussi le plus profond, et qu'il se rattache aux mystères les plus élevés de notre destinée. C'est que le foyer du pur amour est dans ce monde invisible et supérieur où le génie de Platon l'a découvert. C'est que sous les traits de la beauté changeante et fragile à qui l'amant rend hommage, il entrevoit une beauté plus pure et plus digne de son amour ; beauté suprême, immuable, immortelle, dont les objets les plus parfaits de la création ne sont que la douce mais infidèle image. Et n'est-ce donc pas un rayon de cette beauté sans ombre et sans tache que le néophyte Edgard aperçoit et adore dans l'âme et les traits de son Olear ? Voilà dans quel sens le changement intérieur qui s'est fait chez Edgard est une conversion, son amour pour Olear un culte, son enthousiasme une prière, et tout l'ouvrage un hymne.

Le caractère d'Edgard est moins fini peut-être que celui d'Olear ; mais en cela même il me semble plein de délicatesse, ayant assez de relief pour figurer en regard du caractère principal, et pas assez pour l'effacer. *Le trait distinctif et neuf de ce caractère est la lutte de l'amour et de la tendresse filiale, et pour ainsi dire la fusion de ces deux figures sublimes, Hamlet et Roméo.* La tendresse naïve et gracieuse d'Edgard pour son père et pour Olear est sans fadeur, et n'exclut ni l'énergie, ni l'élévation de l'esprit.

Le personnage du père, à part quelques situations assez dramatiques, est trop effacé par celui de Lopès, le faux ami, qui le domine et tient tout le fil de l'intrigue dont les deux amants sont victimes. Nous convenons toutefois qu'il était difficile de donner un rôle plus actif au père sans le rendre plus odieux qu'il n'entrait dans le dessein de l'auteur. Quant à ce caractère de Lopès, *il est assez neuf :* Lopès est l'homme du siècle, l'homme du monde comme il en est aujourd'hui, corrompu par l'esprit plus que par le cœur, méchant par systèm eet par amour-propre, plus que par instinct et par entraînement. L'auteur a voulu rendre Lopès odieux, et la preuve, c'est que ce personnage est le seul auquel il ait donné de l'esprit ; et pourtant, malgré tout son esprit, je ne trouve pas Lopès aussi odieux qu'il devrait l'être. Pourquoi ? c'est que Lopès a une vieille injure personnelle à venger sur Edgard, et que s'il est faux, perfide et calomniateur, il a bien pour l'être quelques circonstances atténuantes. Il est clair que s'il ne fait pas le mal pour le mal, il ne le fait pas non plus pour la satisfaction platonique de prouver son savoir-faire. Lopès n'est donc pas le *traître* de la vieille roche, et il n'est pas non plus tout à fait ce que l'auteur a voulu faire, un artiste en son genre.

Après ces observations de détail, que pourrions-nous ajouter à ce que nous avons déjà dit de l'ensemble ? Et cependant nous serions fâché de ne pas déclarer nettement toute notre estime et toute notre sympathie pour *Olear ? Voila donc un livre qu'on peut citer, un livre sur lequel l'esprit peut se reposer avec douceur, et qui peut servir d'oasis à la critique dans l'aride et poudreux désert qu'elle est obligée de parcourir ! Est-ce un chef-d'œuvre qu'Olear ? non, sans doute, mais c'est une œuvre pleine de sève et d'originalité.* On y reconnaît le cachet d'un talent à la fois très-naïf et très-cultivé ; un style tout à fait remarquable par sa fraîcheur et son éclat, par sa verve et son entraînement. Avec cela, presque tous les défauts opposés à ces qualités mêmes ; un système de composition qui nous paraît faux en principe et choquant dans l'exécution ; des écarts de goût inexcusables ; une expression souvent inégale, tantôt faible et tantôt guindée, quelquefois rude et incorrecte. *Mais si l'ouvrage est bizarre, imparfait, irrégulier, il n'est jamais vulgaire ; s'il ne plaît pas toujours, il n'ennuie jamais.* Les défauts de l'auteur sont ceux de son temps ; ses qualités ne sont qu'à lui ; elles ont leur source dans un cœur noble et élevé, plein de chaleur, de vie et de fécondité. Enfin, je ne vois qu'une bonne manière de louer et d'absoudre à la fois un tel ouvrage, en adressant à M. Edouard Roger ces mots d'une profondeur et d'une délicatesse toutes divine, et qui semblent si bien faits pour l'auteur d'*Olear : Il lui sera beaucoup pardonné, parce qu'il a beaucoup aimé.*   **Louis Alloury.**

Le National, 27 mars 1843.

. . . .

« M. Ed. Roger ne se contente pas d'être un traducteur intelligent et habile ; il a des idées et de l'imagination qu'il ne doit qu'à lui-même ; aujourd'hui, il traduit ; en 1841, il nous donnait quelque chose de sa propre fantaisie et de son invention. Ce n'était pas un ouvrage frivole, un de ces caprices que les esprits légers jettent étourdiment au vent de la publicité ; c'était un poëme tout entier, singulier mélange de vices et de vertus, de laideur et de beauté ; tantôt pur, délicat, charmant, ouvrant le cœur aux plus douces émotions, l'esprit aux plus gracieuses images, exhalant je ne sais quelles suaves émanations d'un parfum virgilien ; tantôt indocile, violent, sauvage, s'abandonnant avec un emportement inexplicable à l'oubli de toutes règles de composition, de style et de goût ; chaste et effronté tout à la fois, châtié et incorrect, excellent et détestable.

. . . .

Ici l'analyse du sujet du poëme.

Le goût, la modération, l'art de choisir, de s'arrêter à temps, de dire nettement ce qui est nécessaire, se font trop désirer dans ce livre qui s'égare en détails confus et excessifs. Il y a cependant des pages délicieuses, d'un style exquis, celles par exemple qui nous peignent les soins d'Olear pour de jeunes enfants aux yeux d'azur et à la tête blonde; *jamais l'enfance, cette poésie riante et douce, n'a rien inspiré de plus aimable, de plus tendre et de plus délicat. Ces pages suffiraient pour absoudre Olear, qui n'est pas du moins un livre vulgaire, s'il ne peut s'appeler un livre sans reproche.* **H. Rolle.**

———————

Le Temps, 29 décembre 1841.

Non, certes, tout n'a pas été dit, tout n'a pas été écrit; nous ne sommes pas une génération déshéritée, et du moins il nous reste encore à glaner dans le champ ou d'autres moissonnaient avant nous. Les niais qui ne savent rien voir, aiment mieux accuser la nature que la faiblesse de leurs yeux. Là où le commun des hommes ne trouve pas même du fretin, l'homme de talent fait à l'instant une pêche miraculeuse.

Toutes ces réflexions naissent d'elles-mêmes sous la plume en lisant *Olear* de M. Edouard Roger, le fils de notre spirituel académicien.

Certes, voilà une œuvre nouvelle, originale, bizarre quelquefois, intéressante toujours. C'est un démenti énergique donné à la banalité qui a le verbe si haut aujourd'hui. Cette belle poésie est un retour vers les saines doctrines; c'est un rameau apporté par la colombe et annonçant la fin de ce triste déluge.

Olear est déjà connu et des critiques sérieux en ont donné l'analyse. Nous dirons seulement qu'il y a trois parties bien distinctes dans ce livre, qu'on a justement appelé une épopée intime.

Il y a 1° la prose qui narre et explique, quand la position est calme ou que l'auteur est aux prises avec les vulgarités de l'existence; 2° la partie lyrique qui chante, au moment de la rêverie, quand le prisonnier est à Fontainebleau : alors, la langue poétique sera d'autant plus expressive qu'elle est moins expliquée, moins définie; 3° la partie dramatique qui agit, marche et dialogue, quand le repos du roman finit, quand Edgard quitte Fontainebleau.

Il n'y a plus aujourd'hui de grand succès poétique possible que dans l'alliance du *fait* et de l'*idée*. L'auteur l'a senti. Il fallait la part du *fait* dans le drame et dans la prose pour émouvoir, aller vite, passionner par l'intérêt de curiosité. Il fallait l'exclusion du *fait* et l'emploi de l'*idée* dans les cinq premiers chants, les plus élevés à coup sûr de tout l'ouvrage, pour poétiser les figures, et, chose si difficile, leur donner, dans l'actualité, la teinte magique du temps et de l'éloignement. Fondre l'intérêt de *Manon Lescaut* dans la rêverie des *Méditations poétiques*, le roman dans l'épopée c'était là une noble et hardie tentative. Disons hautement qu'elle a complétement réussi.

On a dit qu'Olear était un livre incohérent. Nous pensons que cette incohérence n'est qu'apparente, toute matérielle, en quelque façon typographique; et qu'une puissante cohésion, au contraire, enchaîne et relie toutes les parties de l'œuvre, et forme un faisceau intelligent de toutes ces pièces détachées et décousues. Cela a été le comble du travail et de l'art de conserver intactes et frappantes, au milieu de cette diversité d'éléments et d'instruments artistiques, les trois grandes unités de la pensée générale, des caractères et de l'intérêt.

Tout grand ouvrage doit avoir une pensée générale. Quelle est celle d'*Olear?* Un de nos meilleurs critiques a répondu : « C'est le réveil d'une âme au sentiment de l'infini. » Nous compléterons cette judicieuse remarque en disant : C'est un hymne à la beauté morale, un triomphe de la beauté de l'âme d'Olear sur la beauté de son corps; cette beauté de l'âme, Edgard la divinise à travers douze chants, et c'est, pour le dire en passant, ce trait distinctif qui donne au caractère de l'amant son côté tout à fait neuf et original. *Nous avons été frappés, à la lecture du livre, de la persévérance avec laquelle se reproduit dans toutes les parties de l'œuvre cette pensée générale.*

Il est une autre idée, non moins frappante, qui a présidé à la composition d'*Olear*, une idée qui remplit ce livre, et qui, si je ne me trompe, en fait la beauté comme l'originalité principale. C'est cette grande opposition entre Olear, telle qu'elle est supposée être, et Olear telle qu'elle est réellement. C'est ce contraste qui constitue l'élévation de cette œuvre. On voit que cette grande antithèse a préoccupé l'auteur dans tout le courant de son poëme; et c'est là, dans notre opinion, une des preuves les plus frappantes qu'il n'a pas composé au hasard, mais que tout était bien net, bien clair, bien arrêté, et fortement accusé dans son cerveau. Ce trait seul témoignerait au besoin de la puissance du livre.

Voyez que de contrastes de détail s'en vont découler par tout l'ouvrage de cette grande idée d'opposition générale.

Voyez, au deuxième chant, le contraste de ces deux lettres d'Olear à Edgard et de Lopès à Edgard, et leur arrivée simultanée d'un effet si admirablement vrai. Comme la lettre d'Olear à Edgard va devenir bien plus touchante quand on aura lu celle de Lopès ! Comme l'intérêt s'annonce là, comme on sent déjà à l'avance qu'Olear va périr sous toutes ses qualités mêmes! et qu'il n'en est pas une qui n'aille tourner contre elle! Comme son dévouement maternel si adorable va devenir beau et touchant devant ce mot de la lettre de Lopès : « Une Cornélie de trois bâtards ! » Comme cette lettre si éloquente où Olear demande en pleurs les vêtements d'Edgard comme une relique, va paraître déchirante en regard de cette accusation du père abusé (dans la grande scène de Boulogne).

Nous louons l'auteur d'*Olear* d'avoir suivi une voie nouvelle.... Il prouve par là qu'il est un de ces esprits prime-sautiers, dont parle Rabelais. Dans ce temps ci l'audace est une vertu. Or, l'auteur d'*Olear* a cette qualité au plus haut point. Il est oseur et quelquefois osé. Son style, il s'en faut de beaucoup, n'est pas toujours irréprochable, mais il est sobre, ferme, abondant et précis. La physionomie de sa pensée tient de Shakspear, et la chaleur des émotions semble empruntée à l'ardente sensibilité de Rousseau.

Somme toute, *Olear* est une œuvre hardiment pensée, et d'une grande portée morale. C'est le culte de la femme proclamé par la poésie et consacré par les miracles de l'amour. L'auteur doit se féliciter d'avoir obtenu à la fois un succès où la littérature et *la morale* trouvent si bien leur compte, et la critique est forcée de convenir que le premier livre de M. Edouard Roger est fait de main de maître, ou plutôt de main d'ouvrier, selon l'heureuse expression de la Bruyère. **F. T.**

Messager, 29 mars 1842.

. . . .

Ne soyons pas injustes néanmoins, et, au milieu du désordre de l'exécution, ne méconnaissons pas de remarquables beautés de pensée et de style dont le livre de M. Ed. Roger étincelle en maint endroit. Sa prose surtout, nous aimons moins ses vers qui manquent souvent d'inspiration élevée et de correction, sa prose, disons-nous, brille par la naïveté et le naturel, deux qualités aujourd'hui infiniment peu communes ; à côté de pages fines et spirituelles se rencontrent des pages écrites avec le cœur, et sur toute la composition règne un sentiment poétique qui la *rehausse et la place hors de la région des créations vulgaires;* rarement un écrivain, dans sa vie littéraire, fait deux de ces livres où se jette, pour ainsi parler, sa gourme de jeunesse. Nous pouvons donc prochainement attendre de l'auteur d'*Olear* une œuvre d'un dessin plus ferme et d'une conception plus sévère, et nous n'aurons plus à lui marchander l'éloge ainsi que nous sommes condamné à le faire aujourd'hui.

C. R.

Il y a vraiment, dans le poëme d'*Olear*, de fort belles parties, entre autres une pièce lyrique d'une grande étendue ayant pour titre la *Cascade*.

(*Souvenirs d'un inconnu*, **Presse**, 14 mai 1842.)

Tous les autres journaux, à l'exception de la *Revue des Deux Mondes*, ont rendu compte d'*Olear*. Voir le *Siècle*, décembre 1840 et janvier 1841 ; le *Commerce* et le *Courrier français*, 13 février 1841 ; etc.

M. Desmousseaux, sociétaire du Théâtre-Français (1) *à M. Lockroy, auteur dramatique.*

5 février 1839.

Monsieur,

Je ne saurais trop recommander à votre bienveillance un jeune auteur plein d'âme et d'énergie, qui désire vous avoir pour collaborateur. Son choix m'a paru excellent, et j'appuie de toutes mes forces et de grand cœur ses sollicitations.

La peinture des caractères (2), le maniement des passions, la psychologie enfin de la pièce d'*Olear* est admirable. Telle est l'opinion de notre Comité de lecture ; mais elle manque d'individualité, et l'auteur a besoin d'acquérir cette science du théâtre, que vous possédez si bien.

Si vos études s'opposaient à cette collaboration, vos conseils pourraient du moins venir en aide à M. Roger, dont l'œuvre révèle déjà un véritable talent.

(1) Et comme chacun sait, esprit parfaitement littéraire, — trop peut-être pour être un grand comédien.

(2) Il est remarquable que l'auteur de cette lettre se soit rencontré, deux ans à l'avance, dans son appréciation de la partie purement et exclusivement dramatique d'*Olear*, avec des esprits aussi distingués que MM. Géruzès et Louis Alloury. — On voit qu'*Olear* a commencé par être un drame ; qu'il a été présenté comme tel au Théâtre-Français ; ce drame forme aujourd'hui les 6e, 7e, 8e, 9e et 12e chants du poëme.

Jugement sur Schytoé, tragédie en cinq actes et en vers, par l'auteur d'Olear.

A M. Monrose père.

₡-7 mars 1830.

Monsieur,

Veuillez accueillir, avec une bienveillance toute particulière, M. Ed. Roger, qui désire faire entendre à votre Comité une tragédie en cinq actes et en vers, où il y a de *grandes beautés* (1)......

Alexandre Soumet, membre de l'Acad. franç.

———

A M. Védel, directeur du Théâtre-Français.

La Madeleine, 7 septembre 1838.

Monsieur,

Je vous demande tout votre intérêt pour M. Ed. Roger, qui vous remettra cette lettre. Il désire lire à votre Comité une tragédie où vous trouverez un talent *original*, qui donne les plus heureuses espérances et *qui mérite les encouragements du théâtre et du public*. Veuillez donc lui accorder une prompte lecture. Je vous remercie d'avance de tout ce que vous voudrez bien faire en sa faveur.

Casimir Delavigne, membre de l'Ac. franç.

———

La Madeleine, 7 septembre 1838.

Monsieur,

J'ai lu, avec l'intérêt que m'inspire votre talent, la tragédie de Schyloc, que vous m'avez fait l'honneur de m'adresser. Je me plais à y reconnaître des *beautés réelles*....

Casimir Delavigne, membre de l'Ac. franç.

(1) Cette tragédie, ayant pour titre *Schyloc*, a été reçue à corrections en 1830, et, par suite de circonstances qui ont empêché l'auteur, n'a jamais été représentée au Comité de lecture, nonobstant les deux lettres encourageantes de C. Delavigne.

Jugement sur les beautés morales de Shakspeare.

Débats, 7 mars 1842.

M. Edouard Roger porte avec honneur le nom de l'homme aimable et spirituel que M. Patin a remplacé à l'Académie française. Il a débuté dans la carrière littéraire par un ouvrage dont la critique a dit et a pu dire avec la même apparence de raison tout le bien et tout le mal imaginable. Mais les juges les plus difficiles comme les plus indulgents se sont accordés à reconnaître *Olear* pour un livre original, plein de sève, d'espérance et d'avenir. Esprit ingénieux, délicat, amoureux de la beauté littéraire, initié de bonne heure au culte des grands modèles, M. Ed. Roger est bien l'héritier des traditions paternelles. Mais il a des qualités et des défauts qui lui sont propres, la vivacité, le feu, la verve, la fougue et l'effervescence d'une imagination trop jeune et trop lente à vieillir. Nous ne parlons que de l'écrivain; nous devrions parler aussi du professeur, car M. Roger s'est acquis dans l'enseignement des titres sérieux à l'estime publique. On se rappelle qu'il avait entrepris l'année dernière, dans les salons de M. Mennechet, un Cours particulier de langue et de littérature anglaises; l'auditoire brillant et choisi que son nom avait attiré n'a pas encore oublié la rare distinction, l'éclat singulier avec lequel le jeune professeur a débuté dans cette chaire élevée de ses propres mains. On peut dire sans le flatter qu'il a déployé dans sa seule leçon d'ouverture plus d'esprit, de talent, de goût et de connaissances, qu'il n'en faut communément pour défrayer la vogue d'une chaire officielle A tous ces titres. M. Roger est un professeur à part, et tel qu'il y en a trop peu dans l'Université; il a su se faire une place que nul ne peut maintenant lui disputer dans l'enseignement de la langue et de la littérature anglaises.

. . . .

A le prendre en lui-même, le travail de M. Roger (les *Beautés morales de Shakspear*) est l'œuvre d'un vrai talent. Nous le savions déjà : l'auteur du poème d'*Olear* écrit en prose et en vers avec la même distinction. Mais ce nouvel essai révèle un progrès sensible dans le talent du poëte. Son style est plus ferme et plus soutenu; on voit qu'il gagne beaucoup à marcher en lisière. Si l'on aime les beaux vers, la grande poésie, la véritable éloquence, on peut lire cet ouvrage; on y trouvera tous ces mérites et bien d'autres. Malheureusement, si l'on y cherche ce que l'on y doit chercher, Shakspeare avec son génie, avec sa rude et sauvage originalité, on n'est pas toujours sûr de l'y reconnaître. Je ne dis pas que la traduction de M. Roger soit littéralement inexacte, infidèle; au contraire elle est aussi fidèle au sens matériel que l'esclavage du rhythme lui permet de l'être; elle rend de l'original à peu près tout ce qu'elle en peut rendre; mais ce qu'elle ne rend pas toujours, c'est l'esprit, l'âme et l'inimitable accent du vieux poëte. Oui, voilà de beaux vers, un dialogue entraînant, un style pur, élégant, racinien, plein de verve, de nombre et d'harmonie; mais où est Shakspeare? où est le barbare? où est le monstre que je cherche? où est cet horrible Cacus que je voulais voir arraché vivant de sa caverne et traîné par une main victorieuse à la clarté du jour? J'ai beau le chercher, je ne le vois pas. Ce que je vois, c'est quelque chose qui ressemble à Shakspeare et à Racine, mais qui n'est ni l'un ni l'autre. Ce reproche peut sembler sévère, et nous avons hâte de le justifier par quelques exemples tirés du texte.

(Suit la scène du *Roi Lear* dans la tempête... puis un fragment de *Macbeth*, enfin un passage de *Romeo*.)

Nous ne pousserons pas plus loin cette critique. Elle suffit pour donner une idée claire de ce qui manque à la traduction de M. Roger. Nous avons dit que, malgré ses défauts, cet ouvrage est l'œuvre d'un vrai talent. Nous devons aussi justifier cet éloge.

(Suit la scène de Talbot et son fils dans la pièce de *Henri VI*.)

Nous n'avons pas besoin de faire ressortir la simplicité mâle et sublime de cette scène. Quelle élévation! quelle noblesse! quelle grandeur héroïque! Ici Shakspeare est sur le terrain du grand Corneille, et les plus habiles sont embarrassés pour décerner la palme! le traducteur, animé, soutenu par une inspiration si chaude, atteint presque à la beauté de l'original; cet éloge lui suffira.

. . . .

Disons notre dernier mot sur cet ouvrage. Nous aimons à répéter que, malgré ses imperfections, il fait un grand honneur à M. Ed. Roger. Si M. Roger n'a pas toujours entièrement réussi dans sa tâche essentielle, il ne doit pas s'en prendre à lui seul, car il a le plus souvent échoué contre l'impossible. Enfin, si M. Roger n'est pas traducteur irréprochable, il est presque toujours écrivain habile, ingénieux, éloquent. Grâce à lui, nous aurons à mettre entre les mains de nos enfants un volume de vers qui renferme ce qu'il y a de plus élevé dans Shakspeare. Le livre des *Beautés morales* justifie son titre par le choix sévère et délicat des matériaux qui le composent. Assurément rien n'empêchait M. Roger de dédier son livre aux mères de famille; car on n'y trouve rien qui puisse ternir ou blesser l'imagination la plus chaste; rien qui ne soit pour le cœur et l'esprit un aliment pur, salutaire et substantiel. L'ouvrage de M. Roger a donc sa place marquée parmi les meilleurs livres qui sont destinés à l'enseignement. La jeunesse des deux sexes y trouvera les plus sublimes leçons et les plus nobles exemples. Combien connaissons-nous aujourd'hui d'écrivains qui méritent, qui recherchent même un pareil suffrage?

Louis Alloury.

———

National, 27 mars 1843.

. . . .

Le traducteur des *Beautés morales de Shakspeare* a choisi dans le vieux poète, et choisi avec beaucoup de réserve et de scrupule. Le but de M. Roger est d'extraire des drames de Shakspeare toutes les scènes, tous les fragments qui ont un caractère particulier d'enseignement philosophique et de beauté morale. . . . .

Traduire Shakspeare, et le traduire en vers, c'est une difficile et rude entreprise. Quelle souplesse de style ne faut-il pas, et qu'elle variété d'émotion! Comment rendre à la fois ces sensibles accents du crime et du remords, ces douces plaintes de l'amour, ces mélancolies de la douleur, ces élans héroïques de la bataille? Comment être tour à tour Macbeth et Talbot, Richard III et Hamlet, Coriolan et Desdemona? M. Ed. Roger a tenté l'aventure, ayant pour arrière-garde une pratique assidue et une profonde connaissance de la langue et de la poésie anglaises. Nous ne dirons pas que M. Ed. Roger a partout réussi, il ne le croit pas lui-même ; mais plus d'une fois il a serré de près son redoutable modèle, souvent énergique, souvent gracieux comme lui. Si M. Roger a dévié çà et là, c'est qu'il n'est donné à personne de mener victorieusement jusqu'au bout une telle entreprise. . . . .

. . . . La traduction des *Beautés morales de Shakspeare* est un travail plein d'intérêt, de conscience et de talent.

M. Roger nous donne la preuve, dans ce second ouvrage, d'une force mieux réglée et plus saine. Son talent aura fait comme ces torrents qui, troublés à leur source, rejettent peu à peu leur limon, s'épurent, se creusent un lit, et ne laissent plus voir que le flot fécond et limpide.

H. Rolle.

Je connaissais déjà de réputation votre volume des *Beautés morales de Shakspeare*, et il ne m'a point paru au-dessous de tout le bien que j'en avais entendu dire. Le choix de vos morceaux est plein de goût, et ils sont traduits avec une élégance aisée, une fidélité libre, que les connaisseurs, ceux qui savent la difficulté de faire passer dans des vers français des beautés quelquefois si étrangères à nos habitudes, ne peuvent manquer d'apprécier.....

Patin, membre de l'Acad. française.

Débats, 3 février 1842.

. . . .

M. Roger, dans son discours d'ouverture, a eu le bon esprit de supprimer les lieux communs et les généralités ordinaires en pareil cas. Il a su captiver l'attention de l'auditoire et déployer toute la verve d'une imagination étincelante et d'un esprit original sur un sujet qui en paraissait peu susceptible : il avait entrepris de démontrer, et il a fait ressortir de la manière la plus ingénieuse, les différences qui existent dans la langue anglaise, plus que dans toutes les autres, entre la langue écrite et la langue parlée.

On remarquait dans l'auditoire, outre un grand nombre d'hommes de lettres et de journalistes, MM. les ducs de Noailles et de Rivière, le marquis de Vérac, MM. Kératry et de Monferrand. Parmi les dames qui assistaient en grand nombre à cette séance, on distinguait mesdames les duchesses de Guiche de Narbonne, de Ranzau, la vicomtesse de Naylis, la baronne Creuzé Delessert, mademoiselle Mars.

Cette première leçon est du plus favorable augure pour le nouveau cours. Le nom du professeur, son instruction riche et variée, ses titres littéraires, tout lui promet un succès distingué dans le monde élégant. On peut dire que M. Roger a tenu, dès son début, tout ce que ses amis attendaient de lui.

————

M. P. m'a adressé un fort spirituel travail (1) de vous sur la langue anglaise. Je suis bien ignorant sur ce point, et je ne vous loue que pour le plaisir que j'ai eu. Vous semblez désirer que j'envoie ce travail au *Journal des Débats*. Je le ferai bien volontiers ; mais je crains que ce morceau ne paraisse trop étendu.

Agréez, etc.

Saint-Marc Girardin, membre de l'Ac. franç.

(1) Ce travail n'est autre chose que la leçon d'ouverture de mon cours de littérature anglaise, dont une plume trop indulgente vient de rendre compte plus haut dans les *Débats* le 3 février.

IMPRIMERIE SCHNEIDER et LANGRAND,
Rue d'Erfurth, 1.